GABRIELA BAUERFELDT

MARTIN
Martin Luther King

1ª edição – Campinas, 2019

"Eu tenho um sonho de que meus quatro filhos viverão um dia em uma nação onde não serão julgados pela cor de sua pele, mas pelo teor de seu caráter." (Martin Luther King)

M•STARDA EDITORA

A Guerra Civil Americana, também conhecida como Guerra de Secessão, ocorreu entre os anos de 1861 e 1865. O país estava dividido entre os estados do norte, que representavam a União, e os estados do sul, conhecidos como os Confederados. Os estados do sul defendiam a escravidão e a economia agrícola, enquanto os estados do norte, industrializados, eram a favor da abolição da escravidão. Essa diferença de interesses causou o conflito.

Os estados do norte venceram a guerra e foi decretado o fim da escravidão. Entretanto, o governo não fez nenhum esforço para a integração dos negros. Pelo contrário, os estados do sul criaram leis de segregação racial que existiram até 1965, período em que a luta pelos direitos civis faria de um homem o símbolo máximo contra o racismo.

Há quase 100 anos, em 15 de janeiro de 1929, nasceu Martin Luther King Jr., na cidade de Atlanta, no estado da Georgia, no sul dos Estados Unidos da América. Ninguém esperava que, anos depois, esse nome se tornaria um dos mais importantes da história norte-americana.

A casa de Martin era cheia de amor e harmonia. Sua mãe era uma mulher doce, que cuidava de todos, e seu pai era o pastor da comunidade, um homem íntegro e cheio de determinação. Ambos sempre se engajaram em causas sociais e lutaram por um mundo mais justo.

Martin passou a infância numa época em que os Estados Unidos enfrentavam uma grande crise, e muitas pessoas viviam na pobreza, principalmente os negros.

5

NEGROS

Ao longo de sua vida, Martin sentiu na pele os efeitos das leis de segregação racial e nunca se conformou. Basicamente, as leis exigiam que lugares públicos, como escolas, ônibus, trens, etc., possuíssem locais separados para negros e brancos. Seus pais o incentivaram a não concordar com esse regime, mesmo que tivessem que ceder à segregação. Com eles, Martin aprendeu que nem sempre o que o Estado determina como lei é justo. Portanto, ele deveria lutar por um mundo mais digno e igual para todos.

BRANCOS

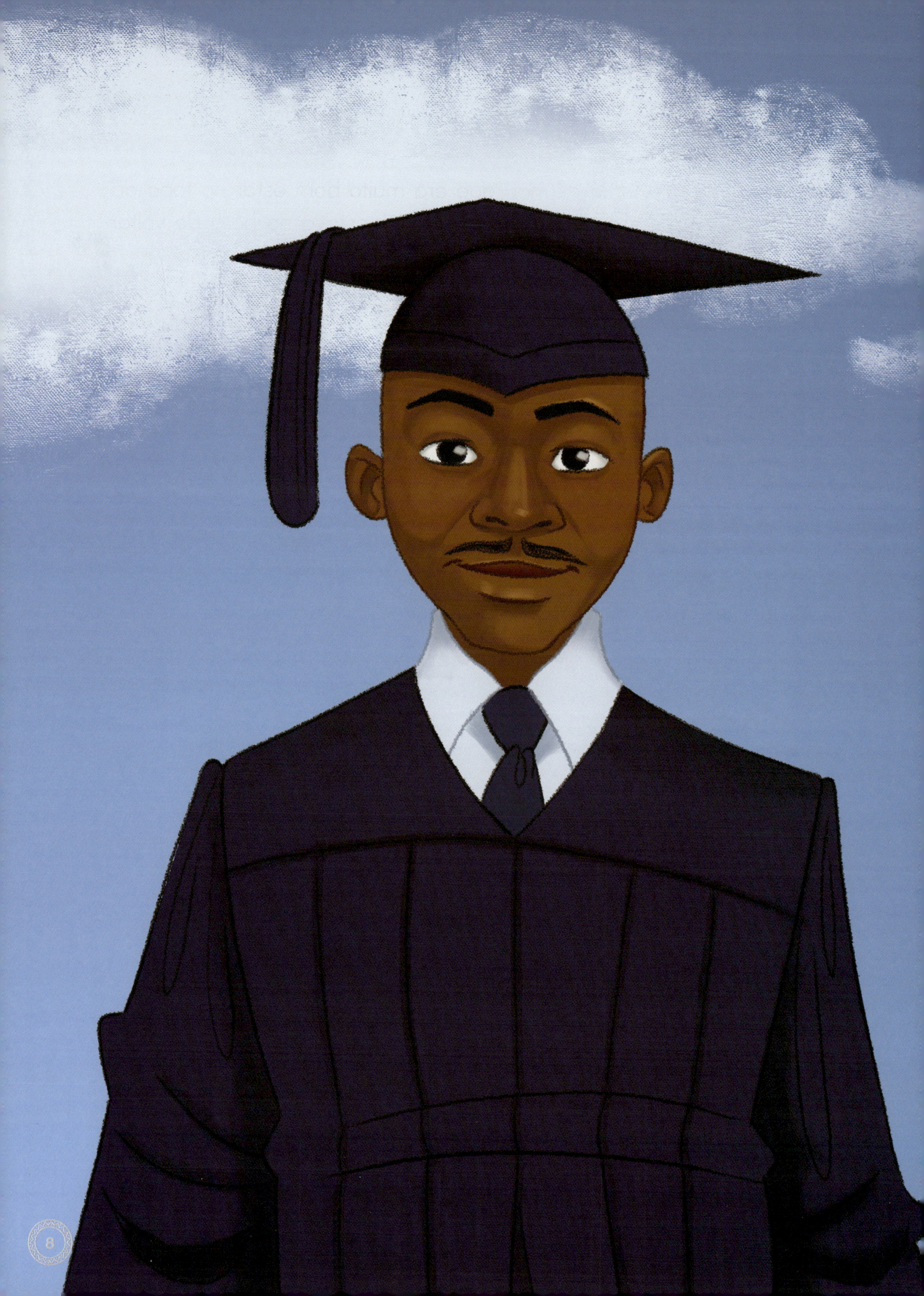

Aos 15 anos, Martin se formou na escola e, antes de ingressar na faculdade, foi para a cidade de Simsbury, no estado de Connecticut, trabalhar em uma fazenda. Lá, brancos e negros viviam juntos, e essa experiência marcou sua vida, pois ele percebeu que era possível um sistema justo para todos.

Em 1944, ingressou no Morehouse College para estudar sociologia. Na faculdade, podia debater sobre questões raciais e religiosas com seus professores. Depois de se formar, ingressou, em 1948, no Seminário Teológico Crozer. Foi então que ele mergulhou na busca por respostas sobre como eliminar as injustiças sociais.

Em 1951, ele foi para a Escola de Teologia da Universidade de Boston, onde estudou sobre lutas pacifistas. Em 1954, Martin foi ordenado pastor em Montgomery, no estado do Alabama e, no ano seguinte, recebeu o doutorado em teologia pela Universidade de Boston.

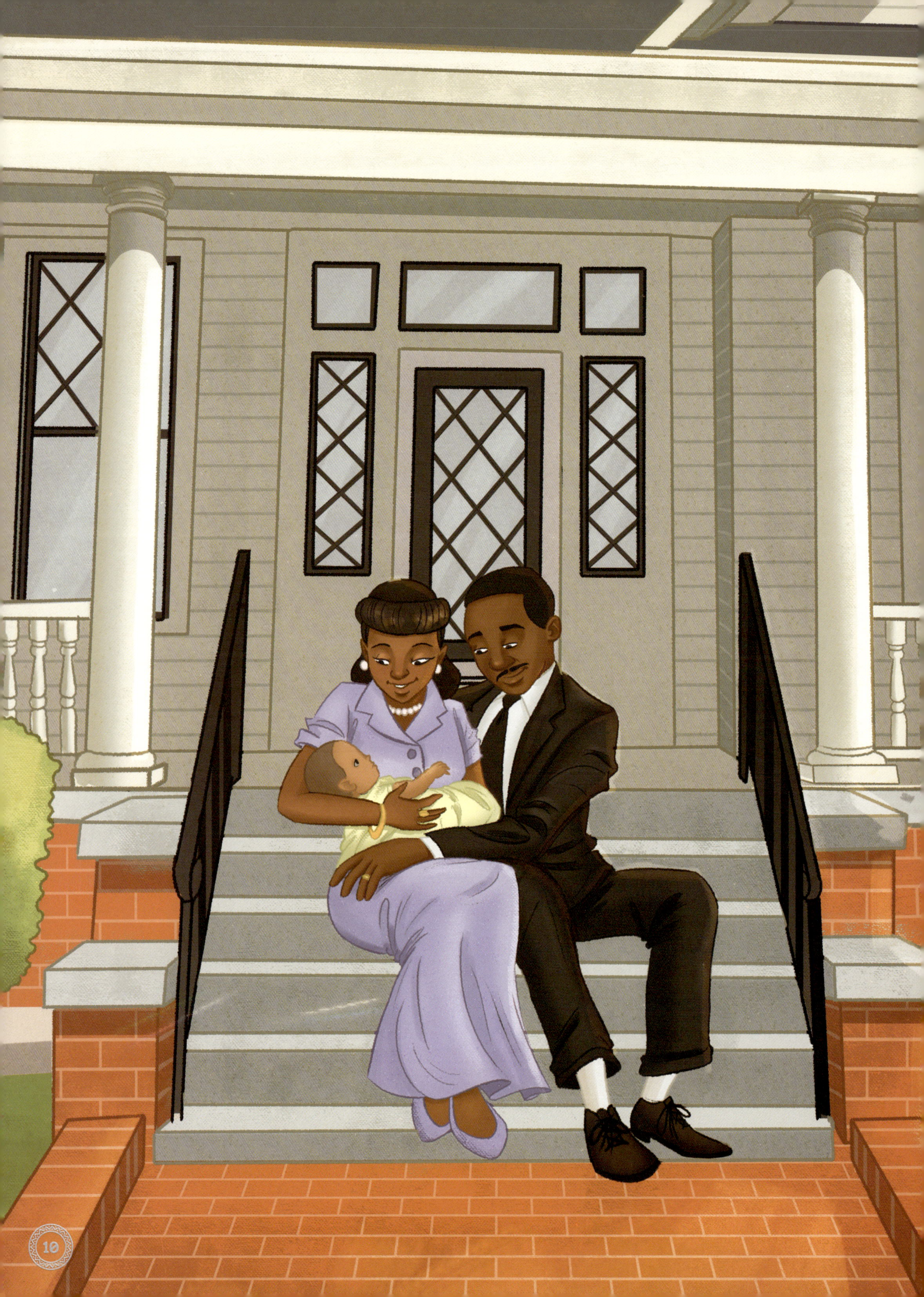

A ida de Martin à Universidade de Boston mudou também sua vida pessoal. Foi lá que ele conheceu o grande amor da sua vida, Coretta Scott, em 1952. Coretta era cantora, inteligente e engajada em causas sociais semelhantes às de Martin.

Depois de um ano, eles se casaram na cidade de Marion, no Alabama, em uma cerimônia realizada pelo pai de Martin. O casal teve quatro filhos: Martin Luther III, Dexter Scott, Yolanda Denise e Bernice Albertine. Eles construíram uma linda família, que se manteve presente e unida ao longo de toda a trajetória de Martin.

Martin assumiu a liderança da Igreja Batista de Dexter, na cidade de Montgomery, no Alabama. Assim, ele e Coretta decidiram viver no Sul, enfrentando a segregação e o racismo. Nesse período, Martin se envolveu ainda mais com associações que defendiam os negros e lutavam por direitos iguais. Cada vez mais pessoas apareciam para ouvir os seus discursos.

Em uma dessas associações, Martin conheceu Rosa Parks, mulher inteligente e que lutava pelos direitos de forma pacífica. Em certa ocasião, Rosa se negou a ceder seu assento no ônibus para um branco, e essa simples atitude de protesto provocou a sua prisão.

Martin e outros líderes da comunidade sabiam que estava na hora de começar uma resistência mais eficaz à política de segregação. Então, organizaram um boicote aos ônibus de Montgomery. O aviso para a comunidade negra foi: "Segunda-feira, não vá de ônibus para o trabalho! Pegue carona, vá a pé, mas não use o ônibus". O protesto foi um sucesso e continuou assim, um dia após o outro.

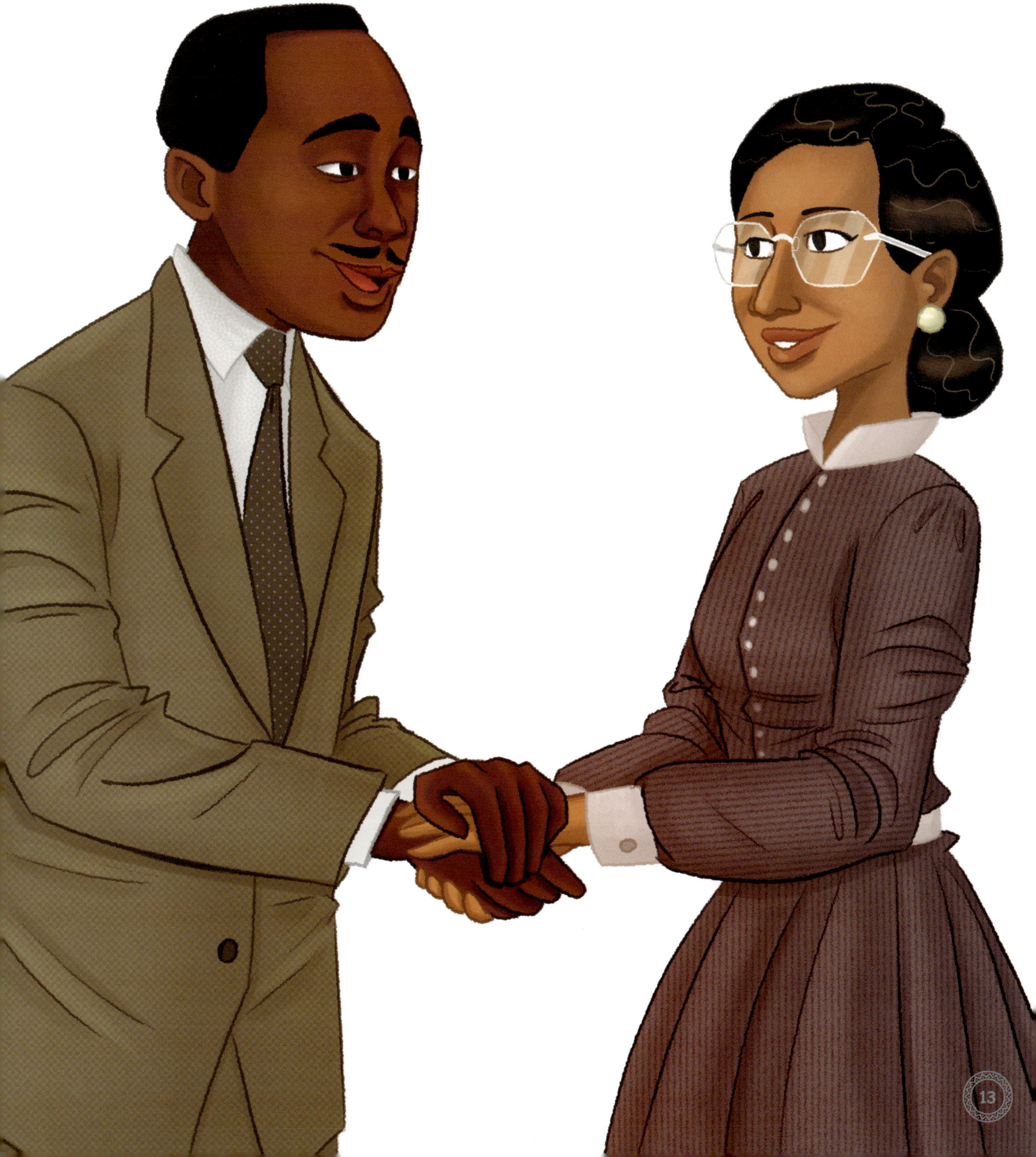

Quando Rosa Parks saiu de seu julgamento, em que foi condenada a pagar uma multa, os líderes do boicote perceberam que o protesto deveria continuar. Então, para organizar o movimento, criaram a Associação para o Progresso de Montgomery. A batalha não foi fácil: durante um ano, muitas pessoas dependeram de caronas, usaram bicicletas ou andaram a pé.

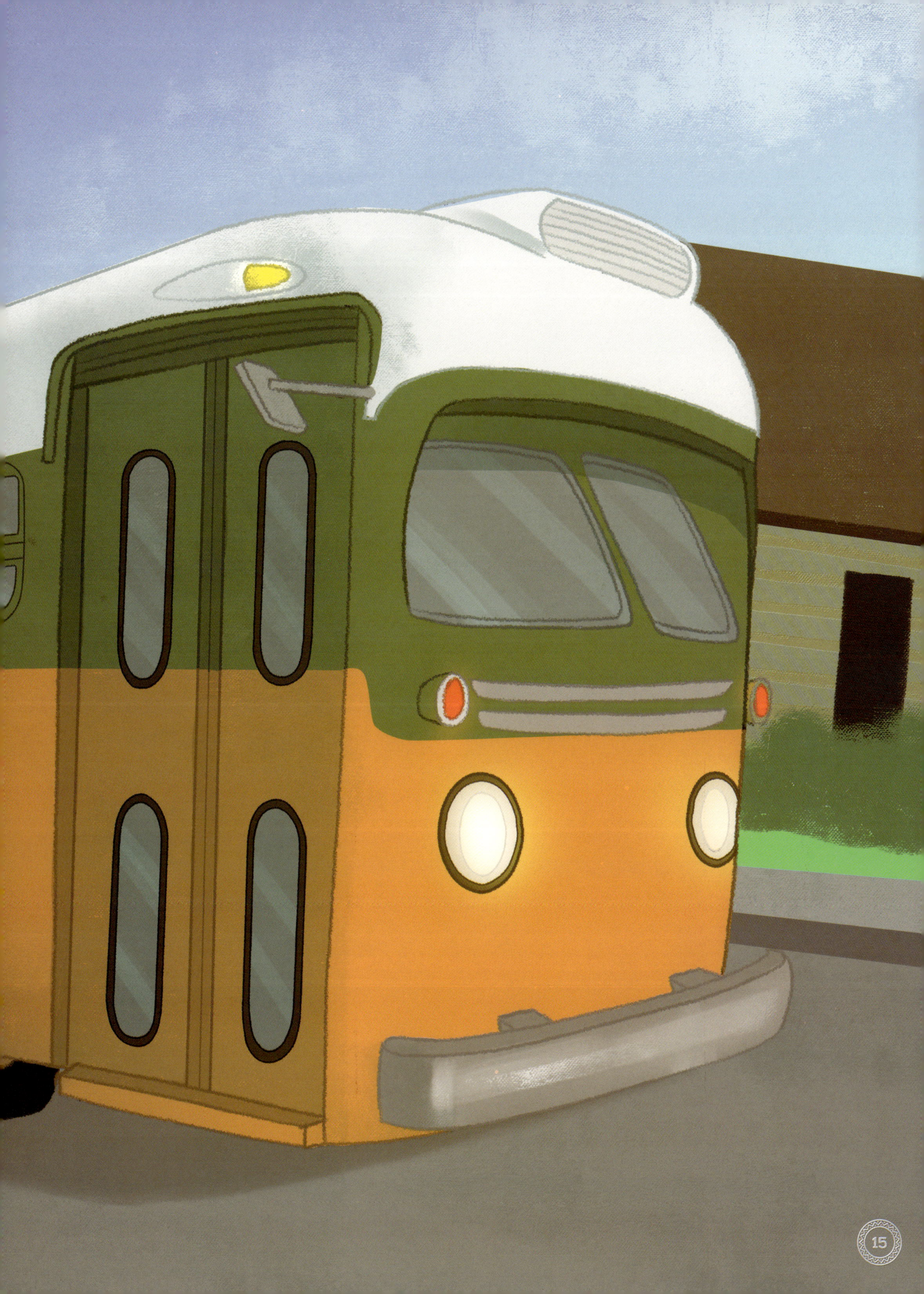

Durante o boicote, Martin foi ameaçado e jogaram bombas em frente a sua casa. Mas ele e seus companheiros permaneceram firmes até que, em 13 de novembro de 1956, a Suprema Corte dos Estados Unidos acabou com as leis de segregação nos ônibus de Montgomery.

Depois do boicote aos ônibus, uma série de manifestações clamou por condições de igualdade nas escolas, no trabalho e pelo direito ao voto. Essa movimentação causou reações violentas. Martin chegou a ser esfaqueado durante uma sessão de autógrafos, mas seguiu acreditando na não violência e na bandeira da paz.

Ele dizia que seus exemplos para a essência do movimento eram Jesus Cristo e também Gandhi, que liderou um movimento pacifista pela independência da Índia utilizando métodos não violentos, como passeatas e boicotes. Em 1959, Martin e sua esposa visitaram a Índia e conheceram os principais seguidores de Gandhi. Depois dessa experiência, Martin afirmou: "Estou mais convencido do que nunca de que o método de resistência não violenta é a arma mais potente disponível para as pessoas oprimidas em nossa luta pela liberdade e pela dignidade humana".

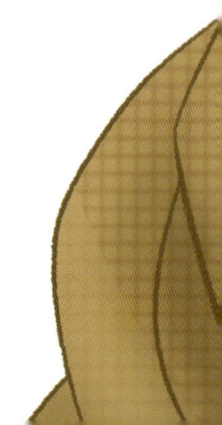

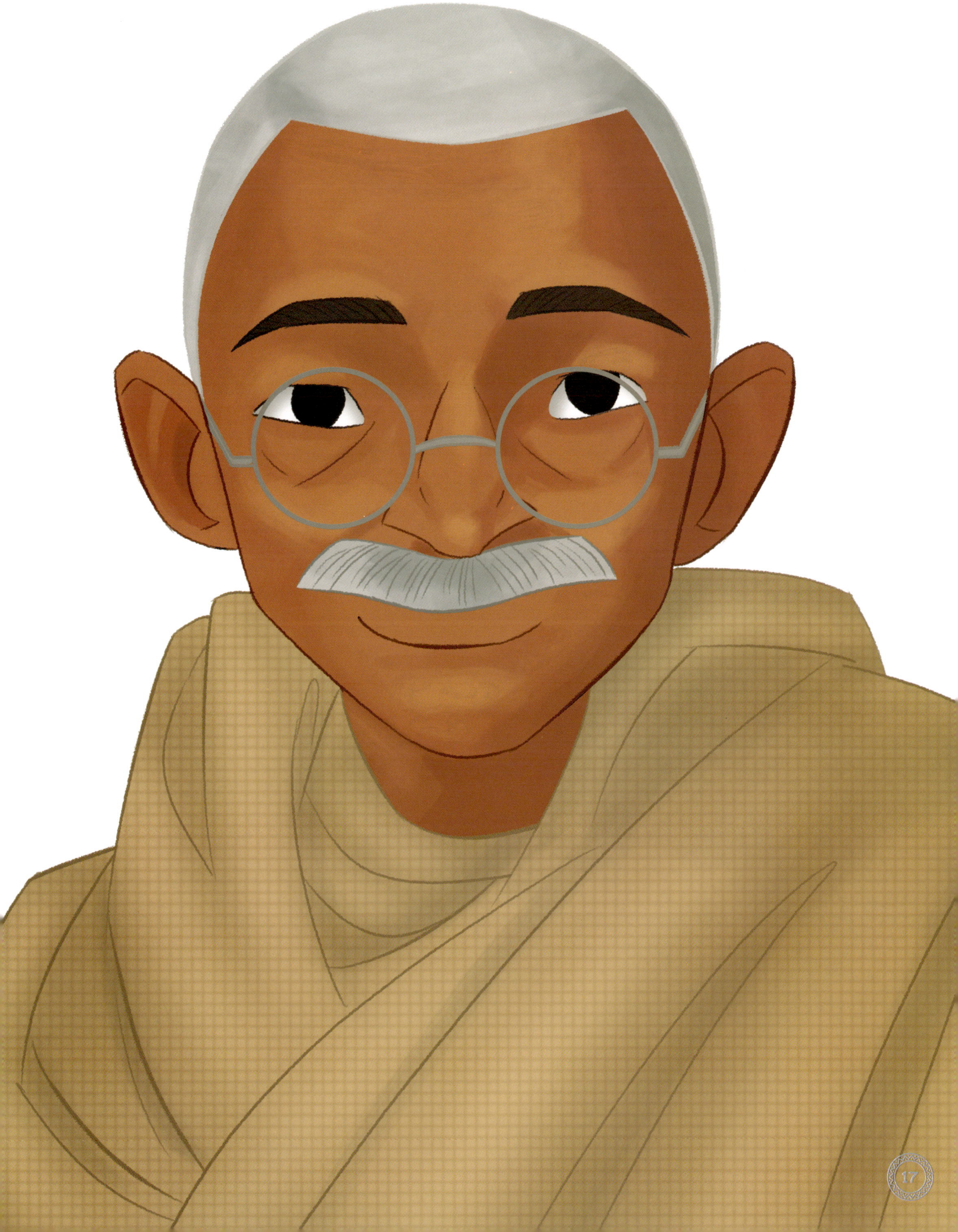

A defesa que Martin fazia de movimentos pacíficos foi importante num momento em que surgiram nos Estados Unidos outros líderes, como Malcolm X, um dos maiores defensores do Nacionalismo Negro. Ele tinha ideias parecidas com as de Martin, mas seus métodos eram distintos. Com falas muitas vezes agressivas, Malcolm teve grande importância na luta negra, mas Martin não se associava a ele, pois era um defensor ferrenho da paz.

Entretanto, os dois não eram de forma alguma inimigos. Em muitos pontos suas histórias se cruzavam, mesmo que não tivessem atuado juntos. Foi o que aconteceu em Selma quando Malcolm, ao saber da prisão de Martin, viajou até a cidade com a intenção de amedrontar os policiais locais que sabiam que, ao contrário de Martin, ele revidaria com força. A história de Malcolm X também se tornou conhecida mundialmente.

A cidade de Birmingham, no estado do Alabama, enfrentava um racismo brutal, com negros sendo atacados e mortos. Foi então que Martin decidiu se unir ao povo de Birmingham na luta contra o terror. Quando o movimento começou a crescer, eles saíram em marcha pela liberdade e foram presos. Martin foi jogado na solitária e ficou incomunicável.

Coretta King telefonou para o gabinete de John Kennedy, presidente dos Estados Unidos, pois temia pela segurança do marido. Pouco depois, o próprio presidente ligou para Coretta dizendo que assumiria o controle da situação. Então, Martin pôde falar com seus advogados.

Na prisão, ele recebeu uma carta dos pastores de Birmingham pedindo o fim das manifestações. Em sua resposta, que ficou conhecida como "A carta da cadeia de Birmingham", Martin defende uma fé que não seja só de palavras, mas que mude a vida das pessoas. Ele foi solto depois de oito dias na prisão.

21

Martin seguiu com sua missão de unir uma nação mesmo diante de todas as ameaças e dificuldades. Ele organizou uma grande marcha na cidade de Washington, capital dos Estados Unidos. Em 28 de agosto de 1963, milhares de pessoas se uniram a Martin para clamar por liberdade, trabalho, justiça e pelo fim da segregação racial.

Foi então que ele realizou o seu discurso mais famoso, que ficou marcado pela frase: "Eu tenho um sonho!". O sonho da liberdade, o sonho de negros e brancos se sentando juntos à mesma mesa, o sonho de um homem que se tornou o sonho de uma nação.

O discurso de Martin foi televisionado e o mundo testemunhou aquela luta séria, necessária e urgente. Era a prova de que a não violência funcionava e aqueles que acreditavam num futuro justo para a humanidade poderiam continuar sonhando.

Após o episódio de Washington, Martin se tornou uma figura mundial. Sua causa havia atravessado oceanos e ecoada por toda parte. Em 1964, foi anunciado na cidade de Oslo, na Noruega, que ele era o ganhador do Prêmio Nobel da Paz.

Martin entendeu que era um reconhecimento a todo seu povo e aos que se juntaram a sua luta pacífica pelos direitos dos negros nos Estados Unidos. Martin afirmou que era muito bom estar no topo da montanha e receber honrarias, mas que já estava na hora de voltar para o vale e seguir em frente com a batalha por aqueles que, devido a tantas privações, perderam seus sonhos e sua esperança. Pelo Sul, pelos Estados Unidos e por todos os negros que sofriam com a discriminação, Martin continuou.

Depois de receber o prêmio Nobel, Martin se dedicou a discutir o direito dos negros ao voto. Dessa vez, o local escolhido foi Selma, no Alabama, cidade em que a maioria da população era negra. Martin e os líderes locais decidiram realizar uma marcha que sairia de Selma e iria até Montgomery, um protesto pacífico em defesa do direito ao voto.

Depois de duas tentativas frustradas por atos de violência da polícia, a marcha foi autorizada pelo governo. No dia 21 de março de 1965, milhares de pessoas saíram de Selma em direção a Montgomery. Foram quatro dias de caminhada, seus corpos estavam cansados, mas em suas mentes havia a certeza de que estavam no caminho certo. E estavam mesmo, pois a história da nação foi escrita no Congresso quando foi declarado o direito de voto a todo cidadão norte-americano, fosse ele branco, negro ou de qualquer outra cor.

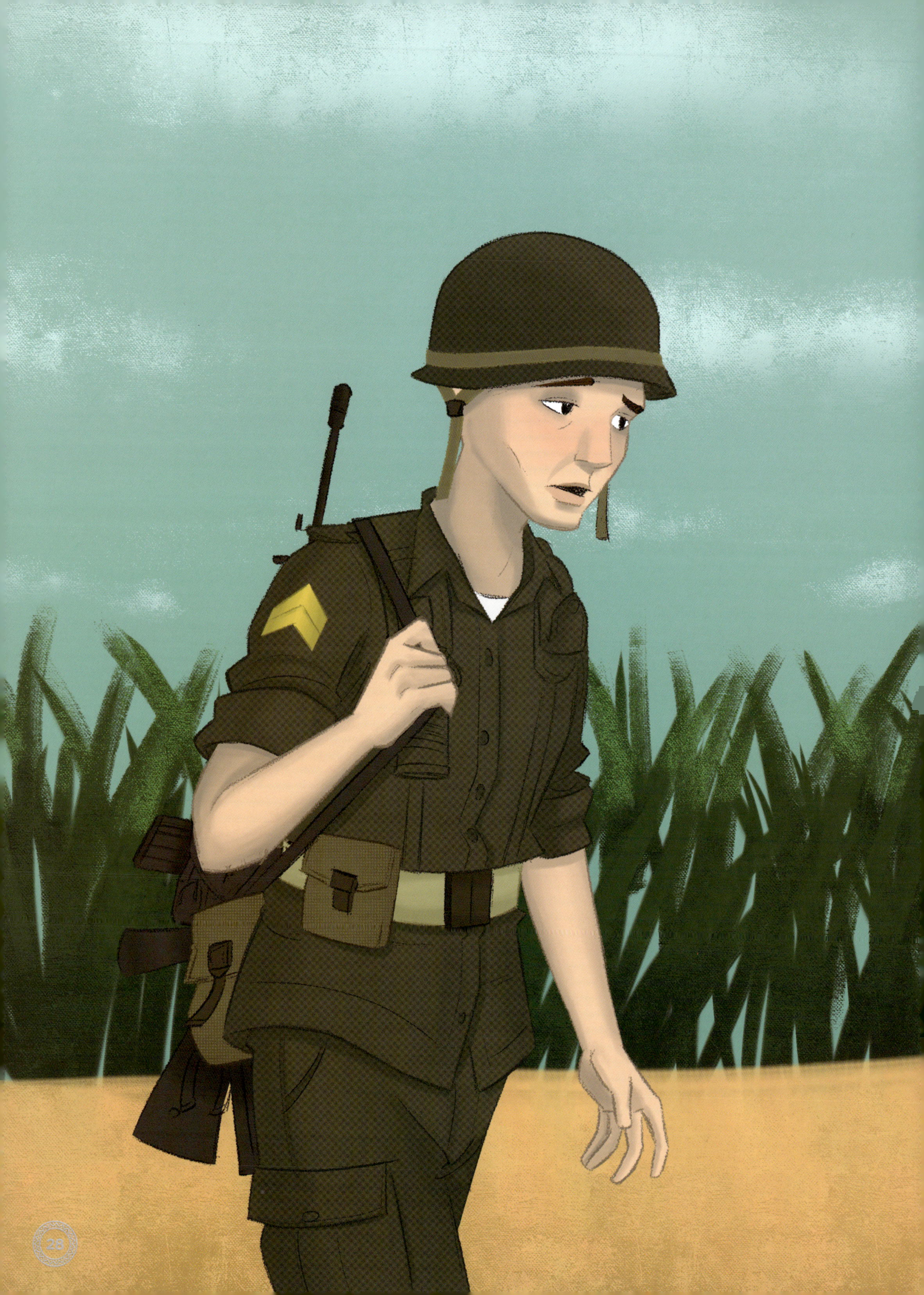

Martin Luther King não defendeu apenas o direito dos negros. Ele foi, antes de tudo, um embaixador da paz. E paz não era exatamente o que os Estados Unidos estavam oferecendo ao Vietnã naquele tempo. Por ser um pacifista, Martin decidiu se unir à campanha contra a Guerra do Vietnã. Ele realizou um discurso que ficou conhecido como "Para além do Vietnã", no qual defendia mais uma vez a política de não violência e de negociações pacíficas.

No dia 15 de abril de 1967, ocorreu a marcha histórica que reuniu uma multidão em frente à sede da Organização das Nações Unidas (ONU) contra a agressão ao país asiático.

Martin sempre declarou que não lutaria por uma causa pela qual não estivesse disposto a morrer. Em 4 de abril de 1968, depois de realizar um discurso inspirador na cidade de Memphis, no estado do Tennessee, ele foi assassinado a tiros na sacada de um hotel.

Do pequeno menino da cidade de Atlanta a um dos maiores homens que o mundo já conheceu, Martin Luther King permanece vivo a cada avanço da justiça e da igualdade, como um negro ter sido eleito presidente dos Estados Unidos da América.

Por todo o mundo existem institutos, parques e organizações que levam o seu nome e mantêm acesa a chama da luta por liberdade, direitos humanos e paz. Martin tinha um sonho, o mundo sonhou com ele, e hoje muitos se levantam com coragem para dizer: "Eu tenho um sonho!".

31

Querido leitor,

A editora MOSTARDA é a concretização de um sonho. Fazemos parte da segunda geração de uma família dedicada aos livros. A escolha do nome da editora tem origem no que a semente da mostarda representa: é a menor semente da cadeia dos grãos, mas se transforma na maior de todas as hortaliças. Assim, nossa meta é fazer da editora uma grande e importante difusora do livro, e que nessa trajetória possamos mudar a vida das pessoas. Esse é o nosso ideal.

As primeiras obras da editora MOSTARDA chegam com a coleção BLACK POWER, nome do movimento pelos direitos dos negros ocorrido nos EUA nas décadas de 1960 e 1970, luta que, infelizmente, ainda é necessária nos dias de hoje em diversos países.

Sempre nos sensibilizamos com essa discussão, mas o ponto de partida para a criação da coleção ocorreu quando soubemos que dois de nossos colaboradores, Renan e Thiago, já haviam sido vítimas de racismo. Sempre os incentivamos a se dedicar ao máximo para superar os obstáculos e os desafios de uma sociedade injusta e preconceituosa. Hoje, Thiago é professor de Educação Física, e Renan, que está se tornando um poliglota, continua no grupo, destacando-se como um dos melhores funcionários.

Acreditando no poder dos livros como força transformadora, a coleção BLACK POWER apresenta biografias de personalidades negras que são exemplos para as novas gerações. As histórias mostram que esses grandes intelectuais fizeram e fazem a diferença.

Os autores da coleção, todos ligados às áreas da educação e das letras, pesquisaram os fatos históricos para criar textos inspiradores e de leitura prazerosa. Seguindo o ideal da editora, acreditam que o conhecimento é capaz de desconstruir preconceitos e abrir as portas do pensamento rumo a uma sociedade mais justa.

Pedro Mezette
CEO Founder
Editora Mostarda

EDITORA MOSTARDA
www.editoramostarda.com.br
Instagram: @editoramostarda

© A&A Studio de Criação, 2019

Direção:	Fabiana Therense
	Pedro Mezette
Coordenação:	Andressa Maltese
Texto:	Gabriela Bauerfeldt
	Maria Julia Maltese
	Orlando Nilha
Revisão:	Marcelo Montoza
	Nilce Bechara
Ilustração:	Leonardo Malavazzi
	Lucas Coutinho
	Kako Rodrigues

Nota: Os profissionais que trabalharam neste livro pesquisaram e compararam diversas fontes numa tentativa de retratar os fatos como eles aconteceram na vida real. Ainda assim, trata-se de uma versão adaptada para o público infantojuvenil que se atém aos eventos e personagens principais.

Dados Internacionais de Catalogação na Publicação (CIP)
(Câmara Brasileira do Livro, SP, Brasil)

Bauerfeldt, Gabriela
   Martin : Martin Luther King / Gabriela Bauerfeldt ; [ilustrações Leonardo Malavazzi]. -- 1. ed. -- Campinas, SP : Editora Mostarda, 2019. -- (Coleção black power)

   ISBN 978-65-80942-01-5

   1. Ativistas pelos direitos humanos - Estados Unidos - Biografia - Literatura infantojuvenil 2. King, Martin Luther, 1929-1968 - Literatura infantojuvenil 3. Movimentos pelos direitos humanos - Estados Unidos - História - Século 20 - Literatura infantojuvenil I. Malavazzi, Leonardo. II. Título. III. Série.

19-29396   CDD-028.5

Índices para catálogo sistemático:

1. Martin Luther KIng : Biografia : Literatura infantojuvenil   028.5
2. Martin Luther KIng : Biografia : Literatura juvenil   028.5

Cibele Maria Dias - Bibliotecária - CRB-8/9427